Underdanig
Bibliotekar
og andre historier
Erika Sanders

ERIKA SANDERS

Underdanig Bibliotekar og andre historier

Erika Sanders
Serie
Dominans og erotisk underkastelse

Synopsis

Underdanig Bibliotekar er en roman med sterkt erotisk BDSM-innhold og på sin side en ny roman som tilhører samlingen Erotic Domination, en serie romaner med høyt romantisk og erotisk BDSM-innhold.

(Alle karakterer er 18 år eller eldre)

Merknad om forfatter:

Erika Sanders er en kjent internasjonal forfatter, oversatt til mer enn tjue språk, som signerer sine mest erotiske skrifter, langt fra sin vanlige prosa, med pikenavnet sitt.

Indeks:

UNDERDANIG BIBLIOTEKAR OG ANDRE HISTORIER

ERIKA SANDERS

UNDERDANIG BIBLIOTEKAR

13

"Frøken, vil du være så snill å vise meg hvor de erotiske bøkene er?" sa en mannsstemme bak meg.

Jeg frøs, fingrene mine festet på tastaturet på datamaskinen min.

Et øyeblikk lukket jeg øynene og svelget.

Jeg kjente de nedre musklene inni meg stramme seg.

Jeg kjente brystvortene mine stivne mot sateng på BH-en min.

Det var ikke hans ord, det var hans stemme.

Det var det han gjorde mot meg.

Jeg fortsatte å lytte til ham selv nå som han hadde stilnet, og det vekket i meg et ønske om den sårt tiltrengte løslatelsen.

Det var veldig glatt.

Som hvite sjokoladetrøfler, mitt universalmiddel, som glir ned i halsen.

Dyp, akkurat som når jeg...

Jeg inhalerte, sakte slapp pusten, fingrene krøllet seg nå mens jeg prøvde å holde balansen.

"Jeg vil gjerne hjelpe deg, sir."

Jeg ga fra meg et mykt, men hørbart gisp og et umiskjennelig stønn.

Da jeg snudde meg, hørte jeg min egen skarpe pust.

Han sto på den andre siden av resepsjonen med solbriller fortsatt på, de faste leppene skalv lett.

Jeg skjønte at jeg ville smile.

Jeg sporet linjene i hans røde bart og fippskjegg med øynene mine, tungen min spratt ut for å slikke min underleppe selv mens jeg prøvde å motstå bevegelsen.

"De erotiske bøkene, frøken?"

Jeg løftet øynene mine og forestilte meg hvilke ideer som rant gjennom hodet hans.

"Ja, herre, denne veien."

Jeg gikk rundt disken mens jeg ristet litt i knærne.

Jeg stoppet for å gjenvinne balansen, og bannet meg selv for å ha på meg de svarte høye hælene i dag.

De ville være et helvete å komme seg ned trappene til underetasjen.

Jeg kjente varmen fra kroppen hans bak meg da vi gikk mot referansedelen.

Jeg holdt hendene festet på sidene mine, og ønsket å nå ham.

Jeg ønsker å være på min rettmessige plass bak ham, og la ham veilede meg.

Men jeg beholdt min profesjonelle ro og fortsatte å jobbe oss gjennom hyllene til leksikon.

«Damer først,» sa han når vi nådde inngangen som førte til etasjen under.

Jeg himlet med øynene og visste at han ikke kunne se dem.

Men en del av meg skulle ønske han hadde det.

Jeg undertrykte et fnis og tok tak i rekkverket, og begynte den langsomme nedstigningen.

Jeg kunne være en dårlig jente når jeg ville.

"Var det noe spesielt du lette etter, sir?"

"Den erotiske romantikkdelen. Jeg skrev navnet jeg leter etter på et stykke papir. La meg se om jeg finner det."

Vi hadde nådd bunnen uten uhell, selv om hælen min hadde fått tak i kanten av de smale metalltrinnene to ganger.

"Ny eller brukt, sir? Resten av de nye pocketbokene er lagret her også. Vi holder dem bare oppe i et par måneder."

"Ny, bedre."

«Da må vi gå denne veien,» sa jeg, snudde til venstre og gikk nedover en svakt opplyst gang, og pulsen økte for hvert steg.

Pusten hans ble tyngre da han fulgte etter meg.

Skoene våre klikket i kjellergulvet, lyden dempet av bokhyllene rundt oss.

Over oss summet og flimret et lys.

Jeg skrev et mentalt notat for å rapportere den defekte pæren.

"Hva het boken?"

"Jeg finner ikke notatet mitt. Men forfatteren begynte med E og etternavn Sanders, Erika? Jeg ville visst tittelen hvis jeg så den."

Jeg pekte på et sett med hyller på den andre siden av rommet.

— Da er det kanskje best å begynne der.

"Etter at du savner."

Jeg kjente hånden hans på den lille delen av ryggen min da vi nærmet oss den riktige delen.

Jeg lukket øynene kort, og ville stønne.

Det hadde virket som lenge siden jeg kjente berøringen hans, selv om det først hadde vært tidlig i morges.

Gjennom skjorten min kunne jeg kjenne varmen fra huden hans brenne min.

"Jeg kunne hjelpe deg å se hvis du kunne gi meg et hint. Et ord kanskje?"

"Sex. Jeg tror det hadde noe med sex å gjøre."

Stemmen hans var en lav hvisking mot øret mitt.

Så presset han seg mot meg og dyttet meg mot et lite skrivebord i enden av gangen.

Da jeg ikke klarte å gå lenger, økte han trykket på korsryggen og vippet meg fremover.

"Men interessen min for å lese avtar akkurat nå. Jeg vil heller oppleve det."

Jeg gispet og tok tak i kanten av skrivebordet for å holde meg støtt.

Brystene mine smalt mot den kalde, harde toppen.

Jeg stønnet mens jeg kjente opphisselsen hans gjennom buksene og skjørtet mitt mens han sakte gned seg mot meg bakfra.

Jeg slukte mens hånden hans gled lenger sør og kjærtegnet meg.

Klynger seg til skjørtet.

Trekker trusa ned til knærne.

Da fingrene hans strøk mot fitta mi, presset mellom de hovne leppene mine, klynket jeg høyt.

" shhh "

Han fortsatte å stryke meg så sakte at det ble sint.

Den andre hånden hans lekte med håret mitt, og løsnet bollen han omhyggelig hadde lagt på den i morges.

Jeg bet meg i underleppen og la kinnet hvile på skrivebordet.

Jeg klynket igjen da hånden hans forsvant mellom bena mine.

"Vær en flink jente. Ikke beveg deg."

Jeg hørte ham spenne opp beltet og åpne glidelåsen i buksene.

Jeg hørte det myke sukket hans da han sannsynligvis frigjorde kuken hans fra bokserne.

Jeg hørte mitt eget hjerte banke vilt i ørene mine.

"Husk nå, frøken, vi er på et bibliotek. Jeg hørte at det er strenge regler for å lage høye lyder. Og straffen for å bryte disse reglene...vel, jeg er sikker på at du er klar over hvilke plikter det er å være en bibliotekar er og alt det der." ".

Fingrene hans kjærtegnet min fitta igjen.

Men det var noe som ikke stemte.

Han tok også tak i hoftene mine med begge hender.

Jeg stønnet av glede da jeg skjønte at det var kuken hans som gned meg der.

En høy sprekk lød da den traff min bare bunn, og fikk meg til å hoppe og skrike.

"Jeg stilte deg et spørsmål, frøken."

"Jeg beklager, sir."

"Er du spent?"

"Ja sir."

Han presset seg fremover, kuken trengte aldri så lett inn mens han vippet hoftene frem og tilbake.

Jeg spredte bena mine så bredt de kunne mens trusene fortsatt presser knærne sammen.

Når han var helt inne i meg, flyttet han en hånd til korsryggen min.

Han surret det løse håret mitt rundt den andre hånden og trakk.

Jeg skrek og så på den kalde grå veggen.

Han hadde den så stor inni meg, og strakte meg bredt.

Han peset mens han gikk rolig inn og ut.

Han slo baken min igjen og bøyde meg over skrivebordet igjen.

"Dette er en flink jente. Fin og stram. Veldig våt. Akkurat slik din herre liker dem."

Jeg stønnet, kroppen min ba ham om å bringe meg til klimaks.

Igjen gynget jeg mot ham og fulgte rytmen hans.

Det ga meg nok en hit.

"Ikke beveg deg, Lille. Jeg knuller med deg. Du får sjansen senere. Og hold kjeft."

Jeg prøvde å ikke lage støy.

Jeg prøvde veldig hardt.

Jeg visste at det var andre folk på biblioteket, men ingen pleier å gå ned i kjelleren.

Men av alle dagene for noen å vandre her, kan i dag være dagen.

Og likevel ønsket jeg også at noen skulle finne oss jævla, så jeg kunne omfavne den biten ekshibisjonisme gjemt et sted inni meg.

Men da han dukket inn og trakk seg ut, trakk i håret mitt, kunne jeg ikke la være å stønne og gispe.

Han skrek da han bestemte seg for å slå meg.

Han knullet meg i flere lange minutter.

Det føltes så godt.

Men i denne vinkelen kunne hun ikke oppnå orgasme.

Og han visste det.

Han slapp ryggen min, holdt fortsatt tak i håret mitt, og slo baken min.

Sterk.

Stemmen hans hveste da han spurte:

"Liker du det, baby?"

knurret jeg.

"Ja sir! Jeg liker det vanskelig"

"Ja, hva, lille?"

Det slo meg igjen.

De skarpe lydene og korte smertene da hånden hans koblet seg mot min bare hud, konkurrerte med skrikene mine.

Spesielt da han fortsatte å dytte sin store kuk inn i fitta mi.

Jeg kunne ikke tenke.

Jeg kunne ikke snakke.

"Jeg venter."

Nok et slag.

"Hvis jeg elsker!" Jeg gispet.

"Flink pike."

Den ledige hånden hans gled under meg og kjærtegnet min klitoris.

Jeg skrek mens kroppen min ristet.

Men det var ikke nok tid.

Hånden hans forsvant, og han trakk seg plutselig helt tilbake.

"Rejs deg, Lille, og snu deg."

Beina mine var nummen da jeg adlød.

Jeg lente rumpa mot skrivebordet et øyeblikk, men reiste meg umiddelbart opp igjen og grimaserte.

Jeg trodde ikke jeg skulle klare å sitte ned noen timer.

"Ta av deg klærne."

Jeg åpnet munnen, men lukket den da jeg så ham vippe hodet ned og så på meg gjennom kanten av solbrillene.

Jeg åpnet glidelåsen i skjørtet og gled det av, mens jeg dro ned trusen.

Jeg kneppet opp blusen, tok den av og la BH-en min til den voksende haugen på gulvet.

Han så på meg med et smil på leppene, tungen stakk ut hver gang han avslørte mer av huden min.

Så løsnet han slipset og slapp det.

Han snurret fingeren i været.

Jeg snudde meg en gang til.

Stille tok han hendene mine, dro dem bak ryggen min og knyttet dem med slipset.

Så presset han skulderen min og jeg vendte mot ham igjen.

"Lene tilbake."

Jeg bet meg i underleppen, men adlød.

Baken min var fortsatt veldig sår, spesielt da kanten av skrivebordet gravde seg inn i de forslåtte musklene mine.

Og nå med hendene bundet bak ryggen også, kunne jeg ikke bruke dem til å støtte kroppen min.

"Spre bena. God jente."

Han la venstre hånd på min høyre skulder for å balansere meg før han dekket fitta min med den andre hånden.

Jeg lukket øynene mens to av fingrene hans presset seg mellom de hovne leppene mine og gned klitorisen min.

Jeg lot hodet falle tilbake og gikk bort fra ham mot veggen bak meg.

Han tvang bena mine lenger fra hverandre og løftet fitten min så fingrene hans kunne kjærtegne den dypere.

Jeg glemte alt om smerten.

Og hvor sårbar jeg var hvis noen tok oss.

Alt jeg kunne tenke på var å nå den stupet og falle hodestups etterpå.

Han klatret og klatret og klatret... stønnet mens jeg nikk.

"Å, lille. Hva sa jeg til deg om å være stille?"

Jeg gispet da han fjernet hånden og dro meg på beina.

"Gå ned på kne."

Jeg klynket mens han hjalp meg på kne.

Hendene mine hvilte på min såre bunn.

Kantene på slipset hans børstet baksiden av lårene mine.

Jeg kunne fortsatt kjenne stikket av berøringen hans, varmen fra huden min der hendene hans hadde vært.

Fiten min knuget seg sammen av tomheten som var der nå.

"Åpne munnen."

Jeg lente hodet bakover og slapp kjeven.

"Flink pike."

Han kjærtegnet meg med baksiden av fingrene et øyeblikk.

Så satte han tommelen i munnen min, fuktet den med tungen min og gned fingeren sin over underleppen min.

"Du er så jævla nydelig, min dame. Jenta mi."

Med det løftet han hanen og erstattet tommelen med hodet på hanen.

"Slikk det."

Jeg stakk ut tungen og dekket spissen med spytt.

Han gned hanen frem og tilbake og rundt leppene mine.

Og så stønnet jeg.

"Nå, hva skal jeg gjøre med de lydene du lager?"

Han bøyde haken min, rykket forsiktig for å få meg til å åpne meg bredere, og skled så hanen sin inn i munnen min til den hvilte på tungen min.

"Ja, det kan fungere for å få deg til å holde kjeft."

Jeg blunket, men holdt øynene på ansiktet hans.

I smilet hans kunne jeg se speilbildet mitt i brillene hans og jeg stønnet igjen.

Han dyttet kuken dypere inn i munnen min, og fikk meg til å kneble.

Han trakk seg sakte tilbake og gikk så inn igjen.

Igjen og igjen fylte han munnen min, og den stive huden hans gned seg mot de våte leppene mine.

Han trakk seg helt ut og slo hanen mot leppene mine noen ganger.

"Pust dypt inn."

Jeg lukket munnen og svelget, smakte mine egne væsker og precum på tungen min nå, og så åpnet jeg den igjen.

"For en flink jente."

Han fortsatte med å skyve hanen inn i munnen min igjen, hendene hans på hver side av hodet mitt.

Så stakk han hoftene frem og tilbake, og knullet munnen min som om han hadde fitta mi.

Han fortsatte i flere lange minutter, tok tak i håret mitt med en hånd nå, og holdt hodet mitt bakover.

Fra tid til annen ba han meg om å suge eller slikke bare kronen.

Og han stoppet noen ganger, begravde hanen sin så dypt at jeg kunne kjenne den i halsen min og jeg kunne kjenne ballene hans mot haken min, den krydrete lukten av manndommen hans invaderte nesen min.

Han strakte seg ned og klemte brystvorten min eller kjærtegnet brystet mitt flere ganger, men han dvelet aldri for lenge, og fylte alltid munnen min med kuken på den dybden og hastigheten jeg ønsket.

Jeg sutret og sutret, men lydene jeg laget var nå dempet.

Og hele tiden hvisket han oppmuntrende ord.

"Det er din herres flinke jente. Gud, det føles så godt å ha munnen din viklet rundt kuken min. Ja, baby. Sånn. Mmmm. Fortsett med det."

Med all denne bevegelsen gled brillene mine nedover nesen.

"Se på meg, Lille. Å baby, du er så jævla varm som dette. Kuken min i munnen din, øynene dine på meg. Du er så hjelpeløs, prisgitt min nåde. Og de brillene. Å, shit!"

Han knullet meg et par ganger til, og så kjente jeg at den varme spermen hans traff bak halsen min.

Han holdt hodet mitt stille, hanen hans presset mot tungen min og munntaket.

Da han var ferdig sa han:

"Slikk den. La den være ren, baby."

Jeg gjorde så godt jeg kunne uten å bruke hendene.

"Dette er den gode jenta mi."

Han strøk meg over håret til han var fornøyd.

Han hjalp meg med å reise meg og satte meg på skrivebordet.

Før jeg rakk å reagere, kastet han en hånd inn i fitta mi og dekket munnen min med hans, og dempet overraskelsesropet mitt.

Den andre hånden hans dekket et av brystene mine og kjærtegnet til slutt den såre brystvorten min under håndflaten hans.

«Sperm for din herre, baby,» hvisket han mens han lot meg puste.

Så kysset han meg igjen, presset tungen mot min samtidig som fingrene hans lekte med klitorisen min.

Denne gangen klatret jeg den klippen og falt til slutt, kroppen min ristet under den.

Han svelget skrikene mine, kroppen hans dekket mitt, presset meg mot skrivebordet og veggen, til jeg lå stille under ham.

Jeg blunket da han gikk tilbake, stakk kuken i lommene og glattet ut klærne hans.

Han hjalp meg med å reise meg igjen og løsnet håndleddene mine.

"Kled deg, lille. Fiks håret ditt."

Jeg plukket opp klærne mine fra gulvet fortumlet.

Jeg trakk raskt håret inn i en bolle og rettet på brillene.

Når jeg var påkledd igjen, tok han opp kinnet mitt og smilte til meg.

"Nå, om den boken jeg lette etter..."

Jeg kremtet og dro en tilfeldig bok fra hylla.

"Jeg tror dette er den du ville ha, sir. Den var her i synlig skue hele tiden."

"Så rett du har, frøken. Jeg er så glad det er en kompetent bibliotekar når du trenger en."

«Når du vil, sir,» smilte jeg og forlot hyllene. "Når du vil, er jeg her for å tjene deg i det du trenger."

SEKSUELL ØNSKE

25

Min kjære, jeg vil at du skal sitte foran datamaskinen din og vise et bilde, et visuelt stykke, som en fitte.

Ikke ansiktet og kroppen, bare knærne bøyd og bena spredt.

Med lange og vakre elegante fingre som skiller skjedeleppene litt.

Tenk deg at jeg går inn og sitter ved dette skrivebordet fullt påkledd.

høyhælte, ankelomsluttede, spisse, svarte skinnsko på hver side av deg.

Du lener deg tilbake og smiler, og jeg lener meg tilbake smilende også.

Jeg løfter den tynne, silkeaktige sorte kjolen min og du ser at trusen mangler og glansen av våtheten min på slitsen er allerede merkbar.

Du vil se spissen av et svart korsett som strømpene også er festet til.

Jeg løfter kjolen min med begge hendene oppover, trekker den over hodet og avslører for deg skinnkorsettet som bare er noen få centimeter bredt.

Mine brystvorter er oppreiste og høye mens de stikker ut fra toppen.

Du lener deg inn, men jeg er her for å leke med deg og jeg bruker de spisse skoene mine for å holde deg der du er.

Jeg ser en merkbart voksende kuk som må ut av buksene hans, og jeg ber deg om å knappe dem opp.

Jeg drar tungen langs leppene mine langs lengden av dem, smilende, mens du glir nedover buksene.

Hodet på hanen din stikker ut av bokserne og den har også litt krevende glans.

Det er slik av en god grunn.

Dette synet av din oppreiste kuk tenner meg plutselig og jeg ber deg slikke meg.

Du lener deg fremover og gjør det, deler leppene mine litt for å finne klitorisen min.

Du tar det i munnen, så stikker det litt mer ut.

Jeg trengte bare den berøringen av tungen din for å få meg i gang.

Mens jeg blir komfortabel ber jeg deg ta kuken din i den andre hånden og stryke den lett.

Du gjør det, men jeg kan fortelle deg at du trenger mer, dette er ikke nok.

Jeg tvinger deg til å gå på kne for å ta deg helt inn i munnen min, vekslende slikking fra basen til toppen, fra topp til bunn og tilbake til ballene, slikker innsiden av der skrittet er.

Du liker det du ser når jeg kneler, rumpa min er tynn som noen centimeter bred og anusen er stram og innbydende.

Jeg reiser meg igjen fordi jeg nærmer meg klimaks.

Jeg reiser deg opp og buksene dine går ned forbi knærne.

Du har fortsatt skoene på, slipset fortsatt knyttet, men skjorten er knepet opp helt ned.

Jeg elsker å se så mye av huden din som jeg kan.

Nå som du står, ber jeg deg snu ryggen til meg.

Måtte du åpne bena dine nok til at jeg kan knele bak deg.

Tungen min slikker bena dine, slikker ballene dine og til og med sprekken i rumpa, slikker og virvler tungen min rundt anusen din.

Jeg tar en vibrator opp av sekken og spør om jeg kan bruke den på deg, men før du svarer legger jeg den mot huden din.

Med munnen min har jeg lagt spytt over hele rumpa di slik at alt er smurt.

Jeg setter den på lav hastighet og kjører den over ballene og mellom ballene og rumpahullet.

Den andre hånden min går mellom bena dine og griper hanen din, stryker og vifter den.

Vibratoren føles godt i rumpa.

Jeg legger den ved siden av anusen din og skyver en av de to tuppene, den tynne, som også er min favoritt.

Dette glir inn og jeg legger den andre spissen mer mot midten, bak ballene dine, igjen, og ser hvordan sensasjonen tar deg til et annet nivå.

Hendene dine tar tak i skrivebordet og øynene dine er lukket og gir etter for hva jeg vil gjøre.

Men jeg holder meg sånn, stryker litt mens jeg lar suset få deg til å lure på hva som vil skje videre.

Jeg stopper brått og ber deg snu deg.

Du gjør det og ansiktet ditt rødmer.

Du likte virkelig dette og kom nærmere staten du ønsker.

Men jeg foretrekker å bremse ned for å ta deg tilbake til munnen min.

Jeg er like het som helvete, og jeg mister litt kontrollen.

Så jeg får deg til å sette meg ned igjen og jeg kneler foran deg og ber deg kjærtegne deg selv, men sakte.

"Kjærtegn deg selv min kjære."

Mens jeg kneler foran deg og lener meg tilbake på hælene mine.

Jeg slår på vibratoren og gnir den på utsiden av skjeden min, over klitoris.

Dette tar meg mindre enn et sekund å få orgasme.

Jeg har bena og knærne spredt og jeg lener hodet bakover, sprer fitta med hendene mine og vil at du skal se orgasmemusklene mine bevege seg.

Jeg holder vibratoren til jeg er ferdig og min egen juice renner ut.

Jeg ser på deg og du onanerer, øker tempoet.

Tempoet ditt har økt, og det er så spennende at jeg ligger på kne og ber deg om å komme i hele ansiktet og på brystet.

Og ja, absolutt, det er slik du gjør det.

Jeg ser hvordan strålene av melken din kommer ut mot meg.

Men du ender opp med å sprute på dataskjermen og på tastaturet

Vi sier farvel til en annen gang og du slår av webkameraet.

VELKOMMEN FUKTIGHET

31

Glenn kommer hjem etter en hard dag på jobb og lar kofferten og kåpen stå ved døren.

Han synes at huset er uvanlig stille, men legger ikke så mye merke til det og drar til soverommet.

Mens han går opp trappene, lukter han den fantastiske duften av sin elskede kone Susans parfyme.

Når han når avsatsen, hører han de svake lydene av musikk som slipper svakt gjennom døren til rommet hans.

Passer på å ikke lage noe bråk og åpner døren sakte.

"Susan?" sier han med en ganske dyp mannsstemme.

Etter hvert som døren åpnes bredere og bredere, får synet av den nakne kroppen hans som ligger på sengen ham til å skjelve.

"Ja baby." sier hun med sulten stemme.

Han begynner å gå mot sengen, men hun ber ham stoppe.

Forvirret gjør han som han får beskjed om, vel vitende om at hun har noe på hjertet.

Hun reiser seg ut av sengen.

hans beveger seg med stor ynde.

Han kan ikke unngå å være fiksert på hennes deilige bryst som beveger seg litt mens hun går mot ham.

Han føler at hanen stivner når tankene går gjennom

"Hun er så vakker".

Hun strekker ut hendene og løsner beltet hans.

Også buksene hans, han knepper dem opp og senker dem.

Dette får ham til å skjelve av begeistring.

Siden hun ser ham så spent, smiler hun og drar bokserne hans ned med et sultent behov for å suge den harde delen hans.

Hun legger forsiktig hendene på hans nå oppreiste kuk, og stryker den sakte.

Deretter stikker han ut tungen og slikker hodet før han legger det i munnen.

Han stønner mens hun begynner å suge den harde kuken hans.

Flytte den inn og ut av munnen hans raskere og raskere.

Så går han sakte tilbake til lavt tempo og virvler tungen rundt hodet mens han stryker den med hånden.

Han stønner mens hånden hennes kjærtegner det rosa hodet på kuken hans.

Så slikker hun ballene hans til tuppen av hanen hans.

Hun tar den ut av munnen og reiser seg for å kysse ham lidenskapelig mens hun tar av seg skjorten hans.

Han legger de varme armene rundt henne, trekker henne nærmere seg og kjenner brystene hennes presset mot brystet hans.

Mens de kysser, renner hendene hans nedover kroppen hennes og kjenner den myke huden hennes under fingertuppene.

Hendene hans beveger seg over rumpa hennes og han klemmer den hardt.

Han løfter henne i rumpa som legger bena hennes rundt livet og beveger seg mot sengen.

Han legger henne forsiktig ned og beveger seg oppå henne.

Han kysser henne dypt ned til halsen og brystet.

Han slikker sakte rundt det høyre brystet hennes og kommer nærmere den nå oppreiste brystvorten.

Han legger brystvorten hennes i munnen og suger på den, biter den forsiktig.

Han beveger seg til det andre brystet, strekker seg ned og begynner å gni klitorisen hennes, noe som får henne til å øke pusten og begynne å stønne lett.

Han gnir raskere mens han kysser magen hennes med fokus på navlen.

Hun kjenner at hun blir veldig våt og pusten går raskere.

Han kysser den søte haugen hennes og erstatter deretter fingrene med tungen.

Sutter forsiktig og biter klitorisen hennes.

Dette sender henne på en bølge av nytelse, stønn.

Så setter hun inn en finger som renner forbi de hovne fitteleppene hennes og inn i det hemmelige, glatte stedet.

Han glir fingeren sakte inn og ut og setter så raskt inn en finger til mens hun stønner.

Han fortsetter å konsentrere seg om å suge kliten hennes mens fingrene hans treffer det spesielle stedet inni henne som han vet gjør henne helt gal.

Hun stønner høyt og kjenner en prikkende følelse fra høyre ben opp og rundt kroppen og ut til venstre ben.

"Å baby!" hun stønner, "Det føles så bra!"

Glenn vet at hvis han fortsetter med dette, vil hun definitivt gå over kanten, så han senker farten og kysser henne tilbake for å sluke munnen hennes.

De deler et lidenskapelig kyss.

Tungene deres danser sammen.

Fjerner fingrene fra den nå gjennomvåte fitten hennes, og begynner å massere høyre bryst.

Stønnene hennes undertrykt av kyssene.

Kysset bryter og hun hvisker i øret hans:

"Jeg trenger deg inni meg, baby."

Omtalen av den harde kuken hans som glir inn i elskerens våte fitte får ham til å grynte av begjær og han beveger seg oppå henne.

Han sprer bena hennes med hoftene og posisjonerer seg for å gå inn i henne.

Når han leker med det, setter han bare hodet inn og trekker seg så sakte tilbake.

"Vær så snill å gi alt til meg." Hun ber ham, men han vinner og følger tempoet i spillet, setter bare inn spissen og trekker den tilbake når hun begynner å stønne.

Til slutt, på et uventet tidspunkt, kjører han sitt harde medlem hele veien for å få henne til å skrike.

Han begynner å skyve sakte inn og ut av henne med lange, harde slag.

Han begynner å stryke hardere og raskere og trekker i rumpa hennes for dypere penetrasjon.

"Å Gud, du har det så bra inni meg. Jeg elsker deg så høyt når du knuller fitta mi."

Ved dette knurrer han og trekker seg plutselig tilbake.

Han gestikulerer for at hun skal snu, og hun gjør det raskt med et hopp av spenning.

Han vet at det å gå inn bakfra er en av favorittstillingene hennes, og han elsker også å gi henne det på den måten.

Han setter hanen inn i henne og begynner å skyve hardt og raskt.

Hun stønner høyt og forteller ham høyere.

Han elsker å knulle sin vakre kone, så han begynner å bli grovere med henne.

Kroppen hans og ballene slår mot den nå røde rumpa hennes.

Hun begynner å presse tilbake inn i støtene hans, noe som gjør at hanen hans går enda dypere inn.

De stønner begge av glede.

"Å, jeg skal komme, baby. Er du klar for spermen min?"

"Å ja baby, jeg kommer til å sperme også."

Noen flere slag og Susan skriker av glede og kroppen begynner å riste mens orgasmen hennes overvelder henne.

Glenn føler veggene i fitta hennes begynner å melke kuken hans og han orker ikke mer.

Han knurrer navnet hennes og skyter den varme spermen dypt inne i hennes nå kremete og våte fitte.

Susan, utslitt etter eksplosjonen, hviler på albuene hennes mens hun kjenner at han skyter noen flere spruter med sperm inn i henne.

Fornøyd, og prøver å ikke falle oppå henne, trekker han seg sakte tilbake fra fitta hennes og griper henne i midjen og trekker henne opp på sengen med seg.

De ser hverandre inn i øynene, begge overskygget av de kraftige orgasmene som nettopp hadde gått gjennom kroppene deres for bare sekunder siden .

En tilfredsstillelse av gjensidig kunnskap henger igjen i rommet mens de to sovner i hverandres armer.

KLEDT FOR ANLEDNINGEN

37

Nattens stillhet omringet henne, presset seg ned på henne med sin stillhet og prøvde å roe angsten hennes.

Det kunne imidlertid ikke roe henne ned.

Uhemmede følelser som hun ikke var vant til, og aldri hadde opplevd før , strømmet gjennom kroppen og gjorde henne nervøs.

Hælene hennes klikket sakte langs den asfalterte stien mens hun så opp mot himmelen.

Hvorfor skal du dit i kveld?

Hvorfor hadde hun kledd seg slik?

Hun kunne føle kraften hans blikk hadde over henne.

Hun sukket og lot sinnet slutte å tenke på hendelsene som kunne skje i kveld.

* * *

Det føltes som om hvert øye var på henne da hun kom inn i lokalene.

Stilettene hennes klikket mot tregulvet da hun krysset dansegulvet og nærmet seg baren.

Skjørtet til det røde og svarte antrekket hennes svaiet fra side til side for hvert steg, den røde stripen fløt mot kneet hennes mens den svarte hvilte noen centimeter over den.

Blusen hang løst fra skuldrene hennes, nedover brystene, spratt akkurat nok til å trekke oppmerksomhet for hvert skritt hun tok og viste en sjenerøs mengde hud.

Og uten BH.

Hun visste hvordan hun så ut i dette antrekket.

Hun så ut som en ludder.

Hun hadde avsluttet looken med en svart blondechoker rundt halsen og bare et snev av rød leppestift.

Han satt mellom en mann og en kvinne, og smilte til kelneren.

"Hei James."

"Samy. Det er godt å se deg igjen." Han lot øynene gli sakte over ansiktet hennes og brystene. "Veldig bra, faktisk. Og hvem er anledningen for?"

Hun ristet på hodet og smilte, noe som fikk en tråd med krøller til å falle over øret hennes.

"Det er ingen anledning. Jeg fikk bare lyst til å kle meg sånn."

Han strakte seg over stangen og stakk krøllen bak øret hennes.

Fingrene hans strøk på siden av kinnet hennes og hun glemte nesten hvordan hun skulle puste.

"Du burde kle deg slik oftere."

"Kanskje jeg vil."

"Jeg skal fri fra jobb nå i kveld rundt elleve. Vil du danse etterpå?"

Hun nikket sakte, uten å kunne rive blikket fra hans.

Med veldig langsom presisjon lente han seg over stangen og førte leppene sine til hennes, og fordypet kysset akkurat nok til at hun ville ha mer før han trakk seg unna.

"Omtrent tjue minutter."

* * *

Disse tjue minuttene hadde aldri virket lengre i Samys liv.

Hun så på alt rundt seg hele tiden, bevisst på hver bevegelse han gjorde uten å se på ham en gang.

Det var som om sansene hennes var tilpasset kroppen hennes, men hun hoppet likevel da han berørte henne på baksiden av skulderen.

Han hadde kneppet opp kragen på den svarte skjorten og smilte til henne og rakte ut hånden.

"Jeg tror du skylder meg en dans."

Da hun la hånden i hans, var det som om et lite støt av elektrisitet gikk gjennom kroppen hennes.

Han smilte da han førte henne til et hjørne av dansegulvet og dro henne så inntil kroppen mens sangen endret seg.

Det var sakte og forførende, og rytmen hans så ut til å matche hjertet hennes da hun presset seg mot ham.

Og akkurat som det var hun skarpt klar over de harde konturene som bølget seg mot den myke kroppen hennes.

Hun la armene rundt ham, og presset hendene mot de myke bakre kurvene hans mens de svaiet frem og tilbake.

Han bøyde seg ned og presset leppene sine mot hennes, skilte dem forsiktig og forførte henne med tungen.

Hånden hans gled lavere på ryggen hennes, hvilende på hoften hennes, gled lavt nok til å kjærtegne det ene kinnet av rumpa hennes mens han trakk underkroppen hennes mot hans.

Hun gispet da hun kjente hvor hardt han virkelig presset mot henne, og hun kunne ha sverget på at hun hørte ham stønne.

Men akkurat som han gjorde, ropte den andre servitøren til ham og han sukket og la hodet bakover.

"Samy ... jeg kommer straks tilbake. Jeg sverger at jeg vil. Ikke gå noe sted."

Hun nikket noe dumt mens hun gikk bort fra dansegulvet og inn i en bortgjemt bås.

Han så da James gikk tilbake inn i baren og lente seg over ham igjen og snakket med Joseph.

Joseph var erstatning for bartender for natten.

Han tok alltid over når James ble pensjonist.

Da han så en høy, langbenet blondine bli med dem, skjønte han noe.

Hun var ikke en sånn jente.

Jeg ante ikke hva jeg gjorde.

James var den typen mann som alltid hadde en hvilken som helst jente tilgjengelig, hvilken som helst høy, blond, supersexy jente.

Og hun var lav, mørk og latinsk.

Hun løp ut.

Så raskt og stille han kunne.

Han satte kursen mot døren og da han så seg over skulderen så han blondinen lene seg tett inntil James og la fingrene hennes oppover armen hans.

Hun sukket og ristet på hodet mens hun fortsatte veien.

Det ville ikke vært bra å stoppe opp og tenke på det.

Føttene hennes begynte å gjøre vondt fra hælene, så hun tok dem av og gikk bort fra brosteinsstien, og lot føttene lede henne til kanten av elven hun kjente så godt.

Han stakk føttene inn i elvebredden og bare så lenge på vannet.

"Hva tenkte jeg?" Hun mumlet til slutt.

"Det er det jeg vil vite."

Hun skrek nesten da hun snudde seg.

James sto bak henne, armene i kors sint og rynket pannen.

Men rynken ble sakte erstattet av et blikk av forvirring og bekymring.

"Samy, du gråter. Hva er galt?"

Hun så bort fra ham og krysset elven til den andre gressbredden.

"Jeg skulle ikke ha gjort det. Jeg skulle ikke ha kommet til baren i kveld kledd sånn. Jeg skulle ikke trodd jeg hadde en sjanse."

"Samy, hva i helvete snakker du om?"

Han gikk bort og slapp hånden på skulderen hennes.

Hun skalv, hun var kald.

Han tok raskt av seg frakken og draperte den over skuldrene hennes, beveget seg bak henne for å gni henne i armene.

"Du så vakker ut der inne. Jeg tror jeg glemte hvordan jeg måtte puste da du kom inn."

"Jeg har sett kvinnene du vanligvis er sammen med. Jeg er ikke som dem, James. Jeg er ikke elegant eller supersexy. Jeg er ikke blond, høy eller langbent, eller har en perfekt kropp liker dem. Jeg har ingen løsning . "mot det. Jeg visste ikke engang hva jeg gjorde." Hun avsluttet hviskende.

"Virkelig? Du kunne ha lurt meg der inne."

Han snudde henne mot seg og lente seg fremover og presset leppene mot halsen hennes.

Hun grøsset.

"Kroppen din føltes perfekt når du presset meg mot deg på det dansegulvet."

Han strakte seg opp og strakte brystet hennes, og sporet omrisset av brystvorten hennes gjennom blusen hennes.

Det fikk henne til å skjelve litt.

"Det så ut til at de visste hva de ville gjøre når vi kysset og presset sammen."

Han lente seg over henne og tvang henne ned til hun lå på gulvet.

"La meg vise deg, Samy. La meg vise deg at du er mer enn du tror."

Leppene hans gled mot hennes før de gled nedover nakken hennes og over den tynne blusen som dekket brystene hennes.

Pusten hennes stoppet i halsen da leppene hans først fant den ene brystvorten og deretter den andre, og sugde sakte på dem mens hun buet seg inn i berøringen hans.

Fingrene hans fant behendig kanten på skjorten hennes og begynte sakte å trekke den opp, og ertet huden hennes mens den åpenbarte seg.

Han løftet den forbi brystene hennes og holdt den like over dem mens han kysset det høyre brystet hennes og smakte på huden hennes.

Hun stønnet da James til slutt førte leppene sine til toppen av brystet hennes, tok brystvorten mellom tennene hans og rykket forsiktig i den før hun sugde på den.

Hun stønnet enda høyere da hånden hans begynte å elte det andre brystet hennes, og rullet håndflaten hans over brystvorten hennes gjentatte ganger.

"Du ser?" Han pustet mot huden hennes. "Du er den perfekte kvinnen".

Han begynte å kysse henne på vei ned, og tegnet sirkler rundt navlen hennes med tungen.

James smilte til henne da han strakk seg etter skjørtet hennes, og i stedet for å trekke det ned, presset han det opp.

Forsiden foldet seg bakover og i neste øyeblikk plasserte han myke, lekne kyss langs den varme haugen hennes over trusen hennes.

Hun var allerede våt.

Hun kunne kjenne ham gjennom trusen mens han gned nesen mot henne.

Hun skalv under ham og han strøk forsiktig over fingrene hennes opp og ned mens han brukte tennene til å skyve trusen hennes ned.

Han kysset henne igjen, uten noen barriere mellom leppene hans og fitta hennes.

Han begynte å skyve tungen langs spalten hennes, og hun stønnet, hoftene hennes bøyde seg vilt slik at han presset tungen dypt inn i henne og trakk den over kliten hennes.

Samy stønnet og buet seg mot tungen hans, gleden strømmet gjennom henne mens han beit tennene mot kliten hennes og gled en finger inni henne.

"Jeg løy," pustet han mot kliten hennes. "Jeg glemte ikke bare hvordan jeg skulle puste."

James sugde forsiktig på kliten hennes, fingeren hans pumpet inn og ut av stramheten hennes.

"Jeg kom nesten i buksene mine bare så på deg tidligere."

Fingrene hennes tok tak i håret hans, og han smilte mot fitta hennes mens han gled en andre finger inni henne, og kjørte tungen over kliten hennes gjentatte ganger til kroppen hennes skalv under munnen hans.

Fingrene hans strøk henne, inn og ut, spennende henne, lokket kroppen hennes til å svare til hun gynget mot hånden og tungen hans.

«James», stemmen hennes vaklet nesten mens den vred seg i hånden hans. "Vennligst ikke stopp nå!"

Ordene hans kom ut i en myk, vitende tone, men steg raskt i volum mens hun skrek av glede.

Han bet forsiktig kliten hennes og sugde den hardt, fingrene hans presset hardt inn i henne og tok klimakset hennes.

Han slikket ivrig opp saften hennes, og da skjelvingen i kroppen hennes avtok,

Da han var ferdig, beveget han seg over henne.

Han smilte og la pannen mot hennes, og lot kroppen stramme mot hennes mens han så henne inn i øynene.

"Jeg sa til deg, du er like mye av en kvinne som de er, om ikke mer."

Øynene hans glimtet med noe som kunne vært tvil da han så inn i øynene til James, men så lot han fingrene løpe over brystet og ned til den harde bulen i buksene.

«Er det derfor du har det så vanskelig?

Fordi jeg er en kvinne som dem?"

Fingrene hennes strøk opp og ned mot kuken hans, og han kunne ikke hjelpe stønnet som gled forbi leppene hans.

Imidlertid hadde han ingen sjanse til å svare da leppene hennes fant hans og eventuelle tanker ble slettet fra tankene hans.

Fingrene hennes gled mot brystet hans og hun begynte behendig å kneppe opp skjorten hans.

Hun dro den raskt ut av buksene hans og dyttet ham til siden mens hun dro skjorten helt av.

Knappen på buksene hans rykket opp og glidelåsen gled nesten av seg selv.

Hun trakk ned buksene og bokserne hans nok til å frigjøre hanen hans og la den lille hånden sin rundt den, strøk den sakte slik at han stønnet og presset seg ivrig mot hånden hennes.

Han stønnet irritert og reiste seg, tok av seg buksene og bokserne i en bevegelse og snudde seg mot henne.

Hun lå nå på kne og smilte til ham mens hun igjen tok hånden rundt ham.

Han lente seg over henne, ga henne sakte kjærtegn og lukket øynene.

I neste øyeblikk spredte han dem imidlertid mens leppene hennes viklet seg rundt kuken hans, sakte beveget dem opp og ned på det harde lemmet hans.

Han la nå hendene på bakhodet hennes og begynte sakte å skyve henne inn og ut av munnen hennes, jamrende mens hun sugde ham med hver bevegelse.

Det tok ikke lang tid før de milde slagene ble raske og korte, Samy sugde ham hardere jo raskere han beveget hodet.

Hånden hennes kjærtegnet ballene hans, rullet dem frem og tilbake mens munnen hennes strammet seg rundt ham.

Da hun lekte med tungen på pikken hans, eksploderte han i munnen hennes.

Hun svelget raskt mens han sendte lasten inn i henne, presset munnen og halsen hennes mot kuken hans, noe som gjorde at han kom enda hardere og med flere sprut, helt til han til slutt brukte seg selv.

Hun gled hanen sakte ut av munnen og lot blikket falle i gulvet.

Han falt på kne foran henne og la hånden mot kinnet hennes.

De var bare et skritt unna da James sin finger fulgte siden av ansiktet hennes, dyppet fingeren hans under haken hennes og løftet øynene hennes til hans.

— Vi er ikke ferdige ennå.

Stemmen hans var så lav at den sendte skjelvinger nedover ryggen hennes mens hun stirret undrende på ham.

Han lente seg inn og presset leppene mot henne, og forsterket kysset raskt.

Da tungen hans gled forbi leppene hennes, gled en hånd bak henne og trakk henne mot seg slik at de ble kjøtt til kjøtt.

Brystvortene hennes presset seg lykkelig mot brystet, og hans nye ereksjon presset hardt mot nedre magemuskler.

Hun beveget seg og gned kroppen sakte langs ham, og fikk ham til å stønne mens kysset deres ble febrilsk.

Han la henne tilbake og gled skjørtet hennes oppover bena hennes.

Han så på henne et langt øyeblikk før han beveget seg.

Han lente seg over henne igjen og la et lett kyss på magen hennes, like over navlen.

Han smilte mot den varme huden hennes og begynte å kysse oppover, og snudde sine tidligere handlinger.

Leppene hans ertet så vidt mot brystene hennes før de la seg på nakken hennes og kjærtegnet hjerterytmen hennes.

Han banket mellom bena hennes, lemmet hans presset mot den våte spalten hennes mens hun la bena rundt midjen hans og han gled armene rundt henne.

I en rask bevegelse satt James med henne på fanget og, hvis dette var mulig, presset han hanen enda lenger inn i henne.

Hun vred seg litt og han stønnet.

Han kysset henne til han nådde like under øret hennes og trakk forsiktig i lappen hennes.

"Fortell meg, Samy, vil du ha det?"

Pusten hans var varm mot huden hennes og hun skalv.

"Vil du ha den store, harde kuken min begravd inni deg?"

Samys svar hørtes nesten ut som et stønn da hun gned seg mot ham.

"Ja. Vær så snill, James, jeg har ønsket dette siden..." men hun stoppet raskt, en rødme fortsatt på kinnene, og så bort.

James hadde ingen anelse om det.

Han tvunget blikket tilbake til hennes og la ereksjonen sin mot henne.

"Fullfør det du sa."

Hun stønnet og neglene hennes gravde seg lett inn i huden hans.

"Jeg har ønsket dette siden jeg møtte deg."

"Så fortell meg hvor gjerne du vil ha det."

Det var ikke et krav, mer en forespørsel da han gled fingrene over brystene hennes, sakte elte kjøttet hennes.

Han kunne kjenne varmen hennes stråle mot kuken hans, og han gjorde alt han kunne for å ikke bare kaste den ut og ta den.

Svaret hennes overrasket ham, og knuste all selvkontrollen han hadde brukt.

"Jeg vil ikke ha det. Jeg trenger det, James."

Øynene hennes var låst på hans nå, og han stønnet sakte mot huden hennes mens hun presset seg fastere.

"Jeg trenger det så mye, jeg har drømt om det så lenge. Vær så snill. Jeg trenger at du knuller meg."

Jeg kunne ikke nekte ham det lenger.

Han klarte ikke holde tilbake lenger etter det.

Han løftet henne til hanehodet hans ble presset mot åpningen hennes, og slapp det raskt ned på henne.

De stønnet begge to.

Fiten hennes var så tett rundt kuken hans at da han begynte å bevege henne opp og ned på lemmet, virket hans harde lengde enda større innesluttet i henne.

Hun stønnet og ved hjelp av bena for innflytelse begynte å sprette på kuken hans.

Brystene hennes spratt fritt mot ham og brystvortene vinket til ham mens han lente seg fremover og begynte å die.

Hun stønnet og begynte å sprette raskere på kuken hans, og presset seg om og om igjen.

Leppene hans ertet brystvortene hennes, trakk dem inn og sugde, så kjørte tungen hans over dem og nappet mens hun vippet med sprettene, stønnet mot huden og sendte vibrasjoner gjennom bittene hennes.

Fiten hennes var så våt at det rant fuktighet nedover kuken hans, og han stønnet da hun med vilje knyttet spalten rundt ham, noe som fikk ham til å motstå henne mer.

Han vippet dem begge slik at hun var på ryggen igjen på gresset og begynte å banke hanen hardt inn og ut av henne.

Samy stønnet enda høyere, neglene hennes rakte ryggen mens et nytt hardt trykk førte henne tilbake til klimakset.

Den tette krampen rundt kuken hans fikk også James til å komme raskt, og han slengte inn i henne enda raskere, mens han grynte mens den varme spermen hans fylte henne til den rant nedover lårene hennes.

Han falt til siden og gisper.

Deretter trakk han henne mot seg og ga myke kyss på siden av ansiktet hennes.

"Nå, tar det fem år til før du er modig nok til å gjøre dette igjen?"

Han smilte og kysset leppekroken hennes.

"Aldri noen gang, James."

Samy smilte og strøk leppene hennes mot hans.

"Bra, for jeg tror ikke jeg kan holde hendene unna deg mer enn en dag eller to."

Latteren til Samy runget over innsjøen, og James smilte mens han satte seg opp og kysset henne dypt.

Dette kan definitivt være starten på noe veldig interessant.

UVENTET MOTTAGELSE

51

Glenn kommer hjem etter en hard dag på jobb og lar kofferten og kåpen stå ved døren.

Han synes at huset er uvanlig stille, men legger ikke så mye merke til det og drar til soverommet.

Mens han går opp trappene, lukter han den fantastiske duften av sin elskede kone Susans parfyme.

Når han når avsatsen, hører han de svake lydene av musikk som slipper svakt gjennom døren til rommet hans.

Passer på å ikke lage noe bråk og åpner døren sakte.

"Susan?" sier han med en ganske dyp mannsstemme.

Etter hvert som døren åpnes bredere og bredere, får synet av den nakne kroppen hans som ligger på sengen ham til å skjelve.

"Ja baby." sier hun med sulten stemme.

Han begynner å gå mot sengen, men hun ber ham stoppe.

Forvirret gjør han som han får beskjed om, vel vitende om at hun har noe på hjertet.

Hun reiser seg ut av sengen.

Kroppen hans beveger seg med stor ynde.

Han kan ikke unngå å være fiksert på hennes deilige bryst som beveger seg litt mens hun går mot ham.

Han føler at hanen stivner når tankene går gjennom

"Hun er så vakker".

Hun strekker ut hendene og løsner beltet hans.

Også buksene hans, han knepper dem opp og senker dem.

Dette får ham til å skjelve av begeistring.

Siden hun ser ham så spent, smiler hun og drar bokserne hans ned med et sultent behov for å suge den harde delen hans.

Hun legger forsiktig hendene på hans nå oppreiste kuk, og stryker den sakte.

Deretter stikker han ut tungen og slikker hodet før han legger det i munnen.

Han stønner mens hun begynner å suge den harde kuken hans.

Flytte den inn og ut av munnen hans raskere og raskere.

Så går han sakte tilbake til lavt tempo og virvler tungen rundt hodet mens han stryker den med hånden.

Han stønner mens hånden hennes kjærtegner det rosa hodet på kuken hans.

Så slikker hun ballene hans til tuppen av hanen hans.

Hun tar den ut av munnen og reiser seg for å kysse ham lidenskapelig mens hun tar av seg skjorten hans.

Han legger de varme armene rundt henne, trekker henne nærmere seg og kjenner brystene hennes presset mot brystet hans.

Mens de kysser, renner hendene hans nedover kroppen hennes og kjenner den myke huden hennes under fingertuppene.

Hendene hans beveger seg over rumpa hennes og han klemmer den hardt.

Han løfter henne i rumpa som legger bena hennes rundt livet og beveger seg mot sengen.

Han legger henne forsiktig ned og beveger seg oppå henne.

Han kysser henne dypt ned til halsen og brystet.

Han slikker sakte rundt det høyre brystet hennes og kommer nærmere den nå oppreiste brystvorten.

Han legger brystvorten hennes i munnen og suger på den, biter den forsiktig.

Han beveger seg til det andre brystet, strekker seg ned og begynner å gni klitorisen hennes, noe som får henne til å øke pusten og begynne å stønne lett.

Han gnir raskere mens han kysser magen hennes med fokus på navlen.

Hun kjenner at hun blir veldig våt og pusten går raskere.

Han kysser den søte haugen hennes og erstatter deretter fingrene med tungen.

Sutter forsiktig og biter klitorisen hennes.

Dette sender henne på en bølge av nytelse, stønn.

Så setter hun inn en finger som renner forbi de hovne fitteleppene hennes og inn i det hemmelige, glatte stedet.

Han glir fingeren sakte inn og ut og setter så raskt inn en finger til mens hun stønner.

Han fortsetter å konsentrere seg om å suge kliten hennes mens fingrene hans treffer det spesielle stedet inni henne som han vet gjør henne helt gal.

Hun stønner høyt og kjenner en prikkende følelse fra høyre ben opp og rundt kroppen og ut til venstre ben.

"Å baby!" hun stønner, "Det føles så bra!"

Glenn vet at hvis han fortsetter med dette, vil hun definitivt gå over kanten, så han senker farten og kysser henne tilbake for å sluke munnen hennes.

De deler et lidenskapelig kyss.

Tungene deres danser sammen.

Fjerner fingrene fra den nå gjennomvåte fitten hennes, og begynner å massere høyre bryst.

Stønnene hennes undertrykt av kyssene.

Kysset bryter og hun hvisker i øret hans:

"Jeg trenger deg inni meg, baby."

Omtalen av den harde kuken hans som glir inn i elskerens våte fitte får ham til å grynte av begjær og han beveger seg oppå henne.

Han sprer bena hennes med hoftene og posisjonerer seg for å gå inn i henne.

Når han leker med det, setter han bare hodet inn og trekker seg så sakte tilbake.

"Vær så snill å gi alt til meg." Hun ber ham, men han vinner og følger tempoet i spillet, setter bare inn spissen og trekker den tilbake når hun begynner å stønne.

Til slutt, på et uventet tidspunkt, kjører han sitt harde medlem hele veien for å få henne til å skrike.

Han begynner å skyve sakte inn og ut av henne med lange, harde slag.

Han begynner å stryke hardere og raskere og trekker i rumpa hennes for dypere penetrasjon.

"Å Gud, du har det så bra inni meg. Jeg elsker deg så høyt når du knuller fitta mi."

Ved dette knurrer han og trekker seg plutselig tilbake.

Han gestikulerer for at hun skal snu, og hun gjør det raskt med et hopp av spenning.

Han vet at det å gå inn bakfra er en av favorittstillingene hennes, og han elsker også å gi henne det på den måten.

Han setter hanen inn i henne og begynner å skyve hardt og raskt.

Hun stønner høyt og forteller ham høyere.

Han elsker å knulle sin vakre kone, så han begynner å bli grovere med henne.

Kroppen hans og ballene slår mot den nå røde rumpa hennes.

Hun begynner å presse tilbake inn i støtene hans, noe som gjør at hanen hans går enda dypere inn.

De stønner begge av glede.

"Å, jeg skal komme, baby. Er du klar for spermen min?"

"Å ja baby, jeg kommer til å sperme også."

Noen flere slag og Susan skriker av glede og kroppen begynner å riste mens orgasmen hennes overvelder henne.

Glenn føler veggene i fitta hennes begynner å melke kuken hans og han orker ikke mer.

Han knurrer navnet hennes og skyter den varme spermen dypt inne i hennes nå kremete og våte fitte.

Susan, utslitt etter eksplosjonen, hviler på albuene hennes mens hun kjenner at han skyter noen flere spruter med sperm inn i henne.

Fornøyd, og prøver å ikke falle oppå henne, trekker han seg sakte tilbake fra fitta hennes og griper henne i midjen og trekker henne opp på sengen med seg.

De ser hverandre inn i øynene, begge overskygget av de kraftige orgasmene som nettopp hadde gått gjennom kroppene deres for bare sekunder siden .

En tilfredsstillelse av gjensidig kunnskap henger igjen i rommet mens de to sovner i hverandres armer.

MISFORNØYD

57

Det er en kjølig morgen.

Jeg må på jobb, men jeg har ikke lyst til å stå opp.

Når jeg ligger her, tenker jeg på å elske deg.

Jeg kan se øynene dine ser på meg, smiler til meg.

Jeg kjenner allerede varmen bygge seg i skrittet.

Jeg skyver hånden min forsiktig over brystene mine som om øynene dine følger den.

Brystvortene mine reagerer umiddelbart, og stivner.

Jeg løfter brystet for å suge en brystvorte forsiktig inn i munnen min.

Jeg kjenner leppene dine lukkes rundt den andre brystvorten og et dypt stønn slipper leppene mine.

Jeg kjenner saften når den begynner å gli ned fra innsiden av fitta mi.

Jeg beveger hendene mine rundt magen og deretter ned til magen, og ser for meg at hendene dine berører meg.

Jeg glir sakte langfingeren inn i fuktigheten og varmen.

Jeg klemmer fingeren min som om kuken din er begravd dypt inne i meg.

Når jeg skyver fingeren inn og ut, begynner hoftene å bevege seg i en sirkulær bevegelse.

Jeg kjenner at fingeren min vil ha mer av følelsen som skapes.

Håndflaten min har fanget saften som nå kommer ut av fitta mi.

Jeg slikker den søte smaken av håndflaten min og skyver langfingeren min inn i munnen og forestiller meg at det er din deilige kuk.

Jeg omgir sakte fingertuppen med tungen min som om det var hodet på kuken din.

Jeg beveger tungen min langs fingeren, virvler den rundt for å fange hver bit av juice.

Jeg lukker leppene mine tett rundt bunnen av fingeren og skyver munnen til tuppen og begynner å jobbe med tungen rundt toppen av fingeren.

Hva tror du at hanen din er begravet i munnen min?

Å se hodet mitt bevege seg opp og ned, suge deg dypt inn i halsen min med munnmusklene mine i arbeid.

Jeg suger kuken din og du kan kjenne tungen og munnen min suge deg akkurat som jeg føler at du har sugd brystvortene mine.

Tungen min beveger seg overalt , de våte leppene mine beveger seg konstant med behovet for å suge deg hardere, raskere og dypere.

Jeg er veldig spent på ideen om å føle deg begravd i meg.

Jeg tar fingeren min og skyver den tilbake i fitten min, og sørger for at den er gjennomvåt.

Jeg tar fingeren ut og gnir den over hele spalten og dypper den inn igjen for mer fuktighet.

Denne gangen gnir jeg også det tette hullet bak.

Jeg skyver sakte en finger inn og orgasmen kommer umiddelbart.

Jeg vil gjerne at du knuller meg med fingrene og kuken din samtidig.

Jeg elsker ideen om å bli fylt av deg.

Jeg ruller meg ned på magen og begynner å jobbe klitoris med begge hender.

Flytter hendene mine til magen, presser fast på søthaugen min.

Jeg knuller meg selv med hendene til jeg kjenner at følelsen begynner.

Følelsen starter dypt nede og får meg til å knytte meg sammen mens jeg går for å komme igjen.

Jeg beveger hoftene raskere, føttene krøller seg sammen med behovet for å eksplodere inni mens jeg knuller meg selv med fingeren.

Et langt, dypt, gutturalt stønn slipper ut mens jeg full klimaks og eksploderer.

Utmattet legger jeg meg på ryggen, tenker på det jeg nettopp har opplevd, og finner meg selv opphisset igjen.

Jeg spør meg selv hele tiden "hva er denne trolldommen du har på meg"?

Ingen mann har tent meg så mye som deg.

Jeg ser deg i tankene mine, den kjærlige og sexy mannen du er.

Jeg kan føle de myke, søte leppene dine på mine.

Måten din silkeaktige tunge skisserer leppene mine og det myke bittet av tennene dine.

Måten tungen din glir dypt inn i munnen min og smaker hvor sulten jeg er på deg.

Måten din tunge omgir min og den søte utvekslingen av spytt blander seg med min.

Jeg kan kjenne den varme munnen din når den beveger seg mot øret mitt og varmen fra tungespissen når den suser innover.

Den myke hvisken av navnet mitt bringer et sus av sperm rett inn i den søte fitten min og munnen din beveger seg til mine harde, oppreiste brystvorter.

Sakte går tungen din rundt den venstre brystvorten min og du blåser så mykt.

Du lukker munnen over min reaktive hardhet og jeg stønner.

Høyre hånd begynner å gli over brystvortene og jeg løfter det venstre brystet mot munnen min for å suge forsiktig på brystvorten, og etterligne hvordan munnen din ville føles.

Sakte glir fingrene mine over ribbeina mot magen og de lange, tynne fingrene på hånden når den søte klitoris.

Spissene stritter forsiktig mot knappen og langfingeren glir inn til den første knoken for å kjenne fuktigheten som har samlet seg der.

Jeg skyver fingeren dypt for å frigjøre spermen og fange honningjuicen i håndflaten min.

Jeg slikker saften fra håndflaten min og nyter smaken og lukten av sex.

Jeg skyver langfingeren min, helt opp til den første knoken, inn i munnen min, og forestiller meg at det er hodet på kuken din.

Sakte virvler tungen min rundt, smaker på juicen igjen, og jeg vet at det er din precum jeg smaker på tungen min.

Den varme, våte munnen min glir over fingeren min, som om det var ditt varme, hovne medlem.

Munnen min lukkes helt og glir opp til tuppen mens den stramme munnen min suger akkurat det forestilte hodet til den silkeaktige kuken din.

Mens jeg øker tempoet med å knulle fingeren i munnen, kan jeg nesten føle spenningen i ballene dine når spermen begynner å stige.

Ved akkurat denne tanken kjenner jeg at fuktigheten sklir ut av fitta og jeg vet at jeg må knulle meg selv.

Jeg ruller raskt ned på magen, og hendene strekker seg etter fitta.

Jeg presser dem hardt mot haugen min, putene på fingrene mine finner klitorisen min.

Hoftene mine begynner å rotere sakte, rundt og rundt når fot- og benmusklene begynner å spenne seg og fingrene mine jobber med den søte fitten min.

Jeg ser deg komme inn bakfra, og jeg ser for meg kuken din, gjennomvåt av saftene mine og glinsende i fuktighet mens den glir inn og ut av fitta mi.

Å, faen, jeg er så jævla slått på når fingrene og håndflatene mine presser hardt... så hardt de kan som jeg klimaks.

Føttene og bena mine er sammenknyttet, kroppen grøsser av intensiteten.

Jeg snur meg på ryggen og forestiller meg din søte, bankende kuk inne i den cum-tørste fitten min.

fittemusklene mine fortsetter å knytte seg sammen som om de suger spermen ut av kuken din.

Og så ja, jeg kan nesten kjenne den varme tungen din mens den glir opp og ned i spalten min.

Munnen din lukker seg over leppene til fitten min og den raske bevegelsen av tungen din får meg til å komme i munnen din.

Og du reiser deg, strekker deg over kroppen min og skyver din cum-gjennomvåte kuk inn i munnen min.

Jeg nyter smaken av vår blandede juice mens jeg suger og slikker rent.

Jeg faller sammen på sengen, mens kroppen min fortsatt rister og kribler.

For en fantastisk følelse du får meg til å føle med deg.